MILO DOR

DER MANN, DER FLIEGEN KONNTE

MILO DOR

DER MANN, DER FLIEGEN KONNTE

Eine Erzählung für Erwachsene und Kinder

Mit Illustrationen von Rita Berger

PICUS VERLAG WIEN

Preisgekrönt bei dem Wettbewerb
»Die schönsten Bücher Österreichs 1990«

2. Auflage 1991

Satz: »werbegrafik«, Wien
Druck und Verarbeitung: Druckhaus Nonntal, Salzburg
Printed in Austria
ISBN 3-85452-218-5

Es war Winter, der eigentlich kein Winter war, weil es keinen Schnee gab. Winter ohne Schnee ist kein Winter. Robert konnte sich nicht erinnern, wann es zuletzt während der Weihnachtsfeiertage geschneit hatte.
So schaute er traurig durch das Fenster seiner Wohnung in den Hinterhof, der drei Tage nach Weihnachten trocken dalag, abgesehen von einigen kleinen Pfützen, die vom letzten Regen übriggeblieben waren. Ein zehnjähriger Bub, der Sohn seiner Nachbarin, erschien in der Tür mit einem Luftdruckgewehr, das er wahrscheinlich als Weihnachtsgeschenk bekommen hatte.
Er machte ein paar Schritte, blieb stehen und sah sich nach einem Ziel um, auf das er sein Gewehr richten konnte. Zuerst schoß er auf ein paar Schachteln und Blechdosen, die aus den überfüllten Mistkübeln herausgefallen waren. Als er nach vielen Schüssen endlich genug davon hatte, auf tote Ziele zu schießen, sah er sich nach etwas Lebendigem um, auf das er sein Gewehr abfeuern konnte.
Auf den Ästen des Kastanienbaums saßen einige Spatzen, die nach den ersten Schüssen dorthin

geflüchtet waren. Da es nichts anderes Lebendiges in der Nähe gab, begann der Bub auf sie zu schießen. Er traf sie natürlich nicht, weil sie klein und ziemlich entfernt waren. Da er aber immer wieder schoß, traf er schließlich einen Spatzen nach dem Sprichwort, auch ein blindes Huhn könne einmal ein Korn finden. Der Spatz fiel vom Ast auf das Pflaster des Hofs und blieb dort hilflos flatternd liegen.

Der Knabe ging hin, sah sich sein vermeintlich sterbendes Opfer an, drehte sich um und ging zufrieden nach Hause, sein Gewehr wie ein Westernheld in der Armbeuge tragend.

Diese Szene hatte nicht nur Robert, sondern auch eine Katze beobachtet, die im Küchenfenster der Hausbesorgerwohnung im Parterre saß. Obwohl sie dick und ausgefressen war, wollte sie gern hinunterspringen und sich den armen Spatzen schnappen, doch das geschlossene Fenster hinderte sie daran.

Robert verließ seinen Beobachtungsposten und eilte hinunter, bevor es der Hausmeisterin einfiel, das Fenster zu öffnen und ihre Katze hinauszulassen.

Als Robert in den Hof kam und den verwundeten Spatzen hochhob, zitterte der Vogel in Todesangst. Da er sich von den weggeworfenen Resten der menschlichen und tierischen Nahrung mühsam am Leben erhielt, wußte er nicht, wer sein Freund und wer sein Feind war. So glaubte er, daß seine letzte Stunde gekommen war, obwohl er niemandem etwas Böses getan hatte.
Robert streichelte den erschrockenen Vogel, der aus einer Wunde unter dem linken Flügel blutete, um ihn zu beruhigen. Er trug ihn in seine Wohnung, wo er ihn auf den Küchentisch stellte, mit einer sauberen Pinzette die Gewehrkugel aus seinem Flügel herauszog, die Wunde mit Alkohol reinigte, sie mit einer Heilsalbe bestrich und darauf mit einem reinen Verband umwickelte. Er hatte alles Nötige zu Hause, weil er ein Arzt war. Er war ein Arzt, aber er durfte seinen Beruf nicht ausüben, weil er keine Stelle in einem Spital bekommen konnte und nicht genügend Geld hatte, eine frei gewordene ärztliche Praxis in der Stadt oder auf dem Land zu kaufen und sie neu einzurichten.
Robert war Arzt geworden, weil er den kranken

Menschen helfen und dabei den alten Ärzten nacheifern wollte, die immer da waren, wenn man sie brauchte. Eine Ordination, die frei geworden war, weil ein Arzt ins Ausland übersiedeln wollte, hatte man Robert vor der Nase weggeschnappt, indem man für sie mehr Geld bot, als er je bezahlen konnte. So blieb ihm nichts anderes übrig, als sich um eine Stelle im Spital zu bewerben, doch die Liste der Bewerber war ziemlich lang, so daß er noch eine Weile warten mußte.

Jetzt war er froh, einen kleinen, verwundeten Patienten zu haben, den er voll Liebe betreuen konnte. Die Wunde unter dem linken Flügel des Vogels war nicht sehr groß, aber der Spatz war klein und schmächtig. Wenn Robert ihm eine kräftigere Nahrung gab, würde sein unerwarteter Patient seine Verletzung überstehen. Es war nur fraglich, ob er je wieder fliegen könnte. Robert konnte nicht sehen, ob und welche von den zarten Knochen verletzt waren, er hoffte aber inständig, daß auch sie heilen würden. Im Augenblick war das Wichtigste, den kleinen grauen Vogel aufzupäppeln, der erschrocken um sich

schaute und vergeblich versuchte, auf die Beine zu kommen. Robert holte einen Dosendeckel, füllte ihn mit Watte aus, hob sanft den Vogel und legte ihn hinein. Darauf nahm er eine Semmel, zerkrümelte sie und begann, seinen Gast zu füttern.
Der Spatz wand zuerst seinen Kopf hin und her, aus Angst, man wolle ihm etwas Böses antun, aber dann begriff er endlich, daß es sich um Nahrung handelte und begann hungrig die Krumen aus Roberts Hand herauszupicken. Da er klein war, hatte er bald genug.
Robert holte eine Kaffeetasse mit gebrochenem Henkel, füllte sie mit Wasser und brachte sie dem Vogel. Da der Spatz, hilflos auf dem Boden liegend, nicht trinken konnte, nahm ihn Robert behutsam in die Hand und ließ ihn aus der Tasse trinken. Der Vogel nahm jeweils einen Tropfen Wasser in den Schnabel und hob dann den Kopf hoch, um ihn zu schlucken. Er tat es mehrere Male, obwohl er bei den Kopfbewegungen sichtbar Schmerzen hatte.

Robert legte ihn darauf wieder auf die Watte.
»Du bist jetzt erschöpft«, sagte er zu ihm, »bleib

ruhig liegen. Ich komme gleich zurück. Ich gehe nur etwas für dich holen. Du brauchst eine kräftigere Nahrung als Brot. Mit Eisen, Kalzium und Vitaminen, damit du bald gesund wirst.«

Robert ging in die Tierhandlung zwei Straßen weiter, vor deren Auslage er oft stehengeblieben war, um sich die jungen Hunde anzuschauen, die dort in einer strohbedeckten Kiste miteinander spielten oder friedlich schliefen. Er hatte sich seit langem einen Hund gewünscht, er war aber mit seinem Studium so beschäftigt, daß er sich nicht traute, sich einen anzuschaffen, um ihn nicht zu vernachlässigen. Jetzt hatte er einen Spatzen, um den er sich kümmern wollte.

Der Besitzer der Tierhandlung war ein kleiner, alter Mann mit Glatze und einer dicken Brille, hinter der seine Augen sehr groß aussahen. Er war dabei, eine Kiste zu reinigen, in der sich drei Meerschweinchen tummelten. Als Robert eintrat, drehte er sich um und kam auf ihn zu.

»Womit kann ich Ihnen dienen?« fragte er.

»Ich brauche Vogelfutter«, antwortete ihm Robert.

»Für was für einen Vogel?«

»Für einen Spatzen.«
»Ach, um die Spatzen brauchen Sie sich keine Sorgen zu machen. Die finden selbst ihre Nahrung. Die fressen alles.«
»Aber mein Spatz kann sich seine Nahrung im Augenblick nicht selbst suchen. Er ist verwundet.«
»Ah, das ist was anderes. Dann würde ich Ihnen eine Spezialmischung empfehlen, die Wellensittiche und Kanarienvögel gern haben«, sagte der Besitzer der Tierhandlung und zeigte Robert eine Packung mit verschiedenen Körnern.
»Wird es auch ein Spatz mögen?« fragte Robert zweifelnd. »Enthalten diese Körner auch Eisen, Kalzium und Vitamine?«
»Natürlich«, sagte der alte Mann. »Die Wellensittiche und die Kanarienvögel sind sehr wählerisch. Wenn dieses Futter für sie gut ist, wird es auch für Ihren Spatzen gut sein.«
»Na, schön«, sagte Robert. »Geben Sie mir ein Päckchen davon. Wenn es meinem Spatzen schmeckt, werde ich noch mehr davon holen.«
Als er nach Hause kam und sich über den Spatzen beugte, schreckte der Vogel zusammen, weil

Roberts Schatten über ihn gefallen war. Da er klein und hilflos war, witterte er überall Feinde, die ihm nach dem Leben trachteten. Um ihn zu beruhigen, nahm ihn Robert in die Hand, um ihn zu streicheln. Dabei spürte er, wie das winzige Herz des Spatzen aus Angst schlug. Robert streichelte ihn so lange, bis der Spatz sich beruhigte.

»Du brauchst keine Angst vor mir zu haben«, sagte Robert, öffnete das Päckchen mit dem Vogelfutter, nahm ein paar Körner heraus und ließ den Spatzen kosten. Es schien ihm zu schmecken, er gab es aber bald auf zu essen, weil er müde war. Wahrscheinlich war er auch schon von den Semmelkrumen satt.

Robert gab ihm noch in bißchen zu trinken und legte ihn wieder auf die Watte.

»Jetzt muß ich weiter lernen«, sagte er, »damit ich nicht aus der Übung komme. Ich bleibe aber in der Nähe und werde ab und zu nach dir schauen.«

»Tschip – tschip«, tschilpte der Spatz. Das war der erste Laut, den er von sich gegeben hatte, seitdem er in Roberts Wohnung war. Robert ging

zu seinem Schreibtisch und begann, in medizinischen Büchern zu studieren, um sein Wissen über Krankheiten und deren Heilung zu erweitern. Von Zeit zu Zeit sah er nach dem Spatzen, der sich offenbar mit seinem Schicksal abgefunden hatte und ruhig dalag.

Am Abend reinigte Robert ihm neuerlich die Wunde, bestrich sie mit der Heilsalbe und legte ihm einen frischen Verband an. Das war gerade die Zeit, in der seine Freundin Barbara ihn immer besuchen kam. Sie arbeitete in einem Büro als Sekretärin und hatte so nur abends Zeit, zu ihm zu kommen.

Robert und Barbara waren schon lange miteinander befreundet. Sie wollten auch heiraten, warteten aber ab, bis Robert eine Stelle bekam, weil er nicht wollte, daß seine Frau allein zum gemeinsamen Haushalt etwas beitrug. So kam sie ihn nur jeden Tag besuchen.

»Du hast einen Freund gefunden«, sagte sie, als sie den Spatzen sah. »Er ist sehr lieb. Wie heißt er denn?«

»Tschip-tschip«, sagte Robert und erzählte ihr, wie er zu dem Spatzen gekommen war.

»Wirst du ihn gesund kriegen?« fragte Barbara.
»Ich werde ihn schon so weit bringen, daß er wieder fliegen kann. Falls er nicht allzu tief verletzt ist. Das kann ich nicht wissen. Ich bin kein Tierarzt.«
»Und wenn er nicht mehr fliegen kann?«
»Dann werde ich ihn behalten.«
»Das wäre mir sehr recht«, sagte Barbara. »Ich habe mir schon immer einen kleinen Vogel gewünscht. Ich werde ihn Tschippi nennen.«
»Einverstanden«, sagte Robert und gab ihr einen Kuß.
Nach ein paar Tagen begann sich der Spatz, der nun Tschippi hieß, zusehends zu erholen. Bald konnte er auf den eigenen Füßen stehen, selbst die bunten Körnchen essen und Wasser trinken. Die Wunde schien gut zu heilen, so daß Robert den Verband nicht mehr anbringen mußte. Der Spatz hüpfte linkisch auf dem Schreibtisch herum und sah Robert zu, der in seinen medizinischen Büchern blätterte.
Nach einiger Zeit versuchte er auch zu fliegen, doch jedes Mal fiel er auf den Boden, weil er seinen linken Flügel nicht richtig ausbreiten

konnte. Robert mußte ihn immer aufheben und auf den Tisch stellen.
Die Wunde war verheilt. Äußerlich war nichts mehr zu sehen, aber in der Beuge des Flügels mußte innen etwas so verletzt worden sein, daß der Spatz dazu verurteilt war, nur mehr herumzuhüpfen und nie mehr fliegen zu können.
Das hatte Robert auch ein befreundeter Tierarzt bestätigt, den er mit Tschippi aufgesucht hatte. Er schaute sich Tschippi im Röntgen an und stellte fest, daß die Gewehrkugel des schießwütigen Knaben tatsächlich einige kleine, aber wichtige Verbindungsknochen zertrümmert hatte. Dem armen Tschippi war nicht mehr zu helfen. Aber ansonsten war er gesund und munter. Nur fliegen konnte er nicht mehr.
Robert konnte ihn in diesem Zustand nicht ins Freie lassen, weil Tschippi dort, so behindert, bald zum Opfer von Katzen oder grausamen Kindern fallen würde, die sich einen Spaß daraus machten, ein wehrloses Tier zu quälen oder zu töten. Er mußte den Spatzen bis an dessen Lebensende bei sich behalten. Aber das war ihm ganz recht, weil er Tschippi liebgewonnen hatte.

Um ihn nicht ewig in der Wohnung schmachten zu lassen, nahm ihn Robert auf seinen täglichen Spaziergang mit. Er selbst mußte sich nach dem langen Sitzen über den Büchern wenigstens einmal gründlich die Beine vertreten, und Tschippi durfte nicht jede Beziehung zur Natur verlieren. So führte ihn Robert immer in den Stadtpark, der nicht weit von seiner Wohnung entfernt war. Er ließ Tschippi dort auf dem Rasen herumhüpfen und mit anderen Spatzen in seiner Sprache plaudern. Wenn eines der neugierigen Kinder oder ein schnüffelnder Hund sich näherte, flogen die anderen Spatzen behende und sehr rasch davon und ließen Tschippi zurück, der ihnen traurig nachblickte. Er gehörte nicht mehr zu ihnen.
Robert nahm ihn schützend zu sich, stellte ihn auf die Knie und streichelte ihn zärtlich, um ihn über sein Gebrechen hinwegzutrösten. Er holte aus der Tasche das feinste Vogelfutter und ließ Tschippi die Körnchen aus seiner Hand picken.
»Sei nicht traurig«, sprach er zu ihm. »Du bist nicht allein. Du hast doch mich. Auch Barbara hat dich sehr lieb. Du gehörst ja zur Familie.«

An einem sonnigen Vorfrühlingstag bekam Robert die Nachricht, daß er am Ende des Semesters, also in drei, vier Monaten, eine Stelle an der Klinik für Innere Medizin bekommen würde. Sein Warten würde bald ein Ende haben. Er freute sich so sehr darüber, daß er sofort Barbara in ihrem Büro anrief, um ihr von der Neuigkeit zu erzählen. Auch sie war vor Freude ganz aus dem Häuschen.

Robert hielt es darauf in der Wohnung, die ihm plötzlich traurig und verlassen vorkam, nicht mehr aus und ging in den Stadtpark. Wie immer nahm er Tschippi natürlich mit.

Im Stadtpark begann er zwischen den Bäumen, die schon zaghaft die ersten Knospen zeigten, mit Tschippi in der Hand auf und ab zu laufen und dabei Bewegungen zu machen, als fliege er zusammen mit Tschippi über den Parkalleen.

»Ich habe eine Stelle bekommen«, sagte er zu Tschippi. »Barbara und ich werden bald heiraten und ein neues Leben anfangen.«

Tschippi war von seiner Freude so mitgerissen, daß er aufgeregt zu plappern begann.

»Tschip-tschip«, tschilpte er, und gleich darauf

»Tschip-tschip-tschip.« Und zum Schluß noch einmal »Tschip-tschip.«
Robert begriff, daß ihm Tschippi etwas Wichtiges mitteilen wollte, blieb stehen und fragte:
»Was hast du gerade gesagt? Sag es bitte noch einmal.«
Und Tschippi tschilpte noch einmal das Gleiche wie vorhin. Er tschilpte sieben Mal in einer bestimmten Reihenfolge. Es klang wie Morsezeichen, mit denen sich die Menschen über Funk auf lange Entfernungen miteinander verständigen.
Robert wußte, daß Tschippi ihm in seiner Sprache ein Geheimnis anvertraut hatte, er verstand aber nicht, worum es sich eigentlich handelte. Deshalb führte er Tschippi zu seinem Ohr und bat ihn, es noch einmal zu wiederholen. Und Tschippi tschilpte die rasche Folge von Spatzenlauten in sein Ohr.
»Was?« fragte Robert. »Du glaubst, ich könnte fliegen, wenn ich es nur wollte?«
»Tschip«, antwortete der Spatz kurz, was so gut wie Ja bedeutete.
»Na, dann werden wir es gleich probieren«, sagte

Robert. »Aber dazu brauche ich beide Hände. Was mache ich dann mit dir? Ich werde dich in mein Hemd stecken.«

Und Robert steckte Tschippi in sein Hemd, machte ein paar tänzelnde Schritte, begann dann immer schneller zu laufen, breitete seine Arme

aus und spürte plötzlich, wie er vom Boden abhob und zu fliegen begann. Nach einigen Metern jedoch bekam er Angst davor, frei in der Luft zu schweben, ohne die Erde unter sich zu spüren. So hörte er auf, die Arme zu bewegen, und fiel abrupt hinunter, so daß er auf dem Kiesweg ein paar Mal stolperte, bis er sein Gleichgewicht wiederfand und normal gehen konnte.

Ein alter Mann, der in seinen Wintermantel gehüllt und auf seinen Stock gestützt auf einer Parkbank saß, um bei seinem täglichen Spaziergang ein bißchen zu verschnaufen, traute seinen Augen nicht. War dieser komische junge Mann nicht gerade geflogen? Er kramte umständlich seine Brille hervor und setzte sie auf. Er hatte sich natürlich, wie so oft, getäuscht. Der junge Mann

schritt ganz gewöhnlich aus, nur etwas beschwingt, was bei ihm den Eindruck hervorgerufen hatte, als fliege er. Der alte Mann war beruhigt. Ein Mensch konnte einfach nicht fliegen.

»Ich kann dank dir fliegen«, sagte Robert leise zu Tschippi, den er aus seinem Hemd geholt hatte.

»Tschip-tschip«, sagte der kleine, graue, unscheinbare Vogel voll Freude und fügte dann eine rasche Folge von Tschip-tschip-tschip hinzu.

»Du brauchst keine Angst zu haben«, sagte Robert zu ihm. »Ich werde das Geheimnis niemandem verraten. Selbst wenn ich es wollte, könnte ich es nicht tun, weil ich gar nicht weiß, wie man das jemandem anderen beibringen kann. Vielleicht täusche ich mich und ich kann eigentlich gar nicht fliegen. Vielleicht bilde ich mir das nur ein.«

»Tschip-tschip«, sagte der Spatz.

»Na gut«, sagte Robert. »Wir werden es heute nacht ausprobieren, wenn es keine Menschen mehr im Park gibt.«

Am späten Abend brachte Robert Barbara nach

Hause und ging dann mit Tschippi wieder in den Park, der jetzt ganz leer war. Er steckte Tschippi wieder in sein Hemd, nahm Anlauf, breitete seine Arme aus und verließ den Boden. Zuerst hatte er Angst, gegen einen Baum oder ein Gebäude zu stoßen, doch der Spatz spornte ihn mit seinem Tschip-tschip immer wieder an, so daß sich Robert immer kühner in die Lüfte erhob, bis die Stadt mit ihrer geheimnisvollen Lichterkette unter ihm lag. Sie sah aus wie eine leuchtende Traube, die sich deutlich von dem dunklen Land ringsherum abhob.

Während er leicht und schwerelos über der großen Stadt schwebte, fragte sich Robert, was die Menschen hinter den noch hellen Fenstern taten. Saßen sie, Bier oder Wein trinkend, vor den Fernsehapparaten? Spielten sie Karten mit ihren Freunden oder Familienangehörigen? Oder lasen sie Bücher, um etwas mehr von der Welt zu erfahren, in der sie lebten, weil sie keine Zeit oder keine Möglichkeit hatten, sie richtig kennenzulernen?

Jeder Mensch lebte in seinem kleinen Bereich, der aus seinem Haus und seiner Arbeit bestand.

Nur selten gelang es dem einen oder dem anderen von ihnen, aus diesem streng abgezirkelten Kreis auszubrechen, in die Welt zu ziehen und sie aus der Nähe anzusehen. Die Urlaubszeit war immer zu kurz und zu hektisch, um ein fremdes Land kennenzulernen. Man sah nur ein paar alte Kirchen, Denkmäler, ein Hotel, einen eingezäunten Meeresstrand und einige mehr oder weniger gute Gasthäuser, aber von den Menschen, die dort lebten, erfuhr man wenig oder nichts.

»Was meinst du, Tschippi«, sagte Robert, als sie wieder nach Hause kamen, »sollten wir nicht zusammen eine kleine Reise unternehmen, um uns die Welt anzusehen, jetzt, wo ich, dank dir, fliegen kann?«

»Tschip-tschip«, tschilpte der kleine Vogel, und Robert faßte das auf, als habe Tschippi begeistert Ja gesagt.

Da er noch einige Zeit bis zu seiner Anstellung frei hatte, machte sich Robert daran, die Reise vorzubereiten. Er hatte nicht viel Geld, doch die Vögel, zu denen er nun halbwegs gehörte, brauchten nicht viel. Seine Sorge galt Tschippi, der nicht mehr imstande war, seine Nahrung selbst zu suchen. So steckte er in seinen Reisebeutel außer der Zahnbürste, dem Rasierapparat und ein paar Wäschestücken eine gehörige Portion Vogelfutter.

Am schwersten war es, Barbara alles zu erklären. So sagte er ihr lediglich, er wolle sich mit Tschippi ein bißchen die Welt ansehen, bevor er seine Stelle antrete, verriet ihr aber nicht, daß er fliegen könne, um sie nicht zu verwirren. Das hob er für später auf. Er mußte ihr aber versprechen, auf sich und Tschippi achtzugeben und gesund zurückzukehren.

An einem klaren, lauen Frühlingsabend brach er mit Tschippi auf. Er hatte aus Leinenstreifen einen festen Platz für seinen kleinen Freund geschaffen, damit er während des Flugs nicht herausfalle und womöglich abstürze. So flogen sie los.

Zu Anfang genoß Robert das Gefühl, von der

Erdenschwere losgelöst, über den Feldern und Wäldern zu schweben, aber dann begann er, alles etwas genauer zu beobachten.
Die Äcker und Wiesen waren verschiedenfarbig und sahen so hell und dunkel wie ein riesiges Schachbrett aus, auf dem sich tagsüber lebendige Figuren bewegten, die ihrer Arbeit nachgingen. Zahlreiche Straßen durchschnitten mit ihren geraden oder gewundenen Trassen das Brett. Sie bildeten Verbindungslinien zwischen den Menschen.
Als Robert jedoch die Autobahn sah, auf der auch mitten in der Nacht riesige Ungeheuer von Lastwagen dahindonnerten, erschrak er. Er verstand gut, daß sie viele wichtige Waren, darunter auch Lebensmittel, hin und her transportierten. Er verstand aber nicht, warum man dafür nicht die Bahn benützte, die keine giftigen Abgase in die Luft spie, die ganze Wälder ringsherum zum Siechen brachten.
Da er dicht über den Bäumen flog, sah er deutlich, wie sie vergiftet und krank dahinstarben. Die Zweige vieler Tannen und Föhren waren nicht grün, sondern gelblich braun. Die Stämme

standen verkrümmt da, als bäumten sie sich in einem letzten Aufflackern ihres Lebenswillens gegen den unvermeidlichen Tod auf.
»Kannst du das verstehen?« fragte er Tschippi. »Der Mensch vernichtet willkürlich die Bäume, die er unbedingt zum Leben braucht. Die Bäume produzieren, wie jedes Kind schon in der Schule lernt, den Sauerstoff, den wir zum Atmen

brauchen. Wenn die Wälder sterben, sterben auch die Menschen. Was sie tun, ist Selbstmord. Der Mensch ist imstande, herrliche Dinge zu erfinden, die ihm das Leben erleichtern, zugleich aber macht er alles kaputt aus Gier und Dummheit. Kannst du mir erklären, was in ihm eigentlich vorgeht?«

»Tschip«, sagte der Vogel müde und kuschelte

sich in der Aufhängevorrichtung zusammen. Wahrscheinlich war es ihm zu kalt. Inzwischen war schon Morgengrauen, Zeit zum Ausruhen. Robert fand eine entlegene Scheune, in der er sich mit Tschippi schlafen legte. So flogen sie bei Nacht und schliefen bei Tag und kamen immer weiter in den Süden. Für die ersten paar Tage hatte Robert in seinem Beutel genug zum Essen eingesteckt – Brot, Dauerwurst und harte Eier – und Wasser zum Trinken und zum Waschen fand er überall.

Als ihm die Vorräte ausgingen, half er den Bauern auf dem Feld und verdiente sich so sein Essen. Tschippi hatte sein Vogelfutter. Einmal aßen sie bei einer Hochzeit und einmal bei einem Leichenschmaus. Das erste Mal sangen sie mit der ausgelassenen Hochzeitsgesellschaft und das zweite Mal machten sie eine traurige Miene, wie es sich nach einem Begräbnis gehört.

Bald überflogen sie die Grenze zum Nachbarland. Robert hätte sie gar nicht bemerkt, wäre das Zollhaus nicht strahlend hell beleuchtet gewesen. Von oben betrachtet sah ein Land so gut aus wie das andere: Äcker, Wiesen, Wälder,

Flüsse, Straßen und Häuser, die zuweilen zu Dörfern und Städten zusammengedrängt waren. Die Städte unterschieden sich manchmal durch andersartige, mehr oder weniger schöne Gebäude voneinander, sie waren aber alle hoffnungslos von Autos verstopft, die mit Auspuffgasen die schönen Fassaden dunkelgrau färbten und den Menschen den Atem raubten. Das konnte Robert deutlich sehen, als er durch einige von ihnen in der Abenddämmerung spazierenging, bevor er weiterflog.

In einer der Städte sah er an einer belebten Kreuzung einen armen Verkehrspolizisten in weißer Uniform, der sich einen Filter aus Gaze vor den Mund gebunden hatte, um nicht in Ohnmacht zu fallen. Warum mußten sich nur alle Menschen in Autos fortbewegen, anstatt ihre Füße zu gebrauchen? Er kam in diesem Gedränge zu Fuß viel schneller weiter als die Fahrer, die in ihren Autos eingeschlossen dasaßen und verbittert und vergrämt durch die Windschutzscheiben starrten. Von Zeit zu Zeit hupten sie wütend, um ihren Ärger kundzutun. Sie machten sich so nur lächerlich, weil sie durch ihr sinnloses Gehupe

auch nicht schneller vorwärtskamen. Robert wäre am liebsten davongeflogen, um der stinkenden Stadtluft zu entkommen, er mußte aber abwarten, bis es dunkel wurde.
Als sie sich endlich von der Erde abhoben, sagte Robert zu Tschippi:
»Weißt du was, mein Freund, wir fliegen jetzt ans Meer. Ich war einmal als Kind mit meinen Eltern im Süden auf Urlaub und habe die schönste Erinnerung an den gelben Sandstrand und die wunderbar klare Bläue des Meeres behalten. Ich habe damals eine Muschel mitgenommen. Wenn ich sie ans Ohr legte, konnte ich wieder das Rauschen des Meeres hören. Das war für mich die schönste Musik.«

Als sie im Morgengrauen das Meer erreichten, fanden sie einen schmutzigen Strand vor, an den die Wellen voller gelblich-weißen Schaums eine Menge Algen spülten. Ein alter Fischer saß neben seinen zum Trocknen gespannten Netzen auf einem Stuhl ohne Lehne und weinte.

Robert setzte sich mit Tschippi, den er aus dessen Nest unter seinem Hemd befreit hatte, neben den alten Fischer und legte ihm die rechte Hand auf die Schulter, um ihn zu trösten. Doch der alte Mann war untröstlich. Er zeigte mit der runzligen Hand auf die Fische, die mit ihren weißen Bäuchen nach oben gekehrt leblos an der Oberfläche trieben, und begann in einem klagenden Singsang zu erzählen.

Robert verstand nur hie und da ein Wort der fremden Sprache, aber er erfaßte leicht den Sinn dieser Rede, weil er im Gymnasium Latein gelernt hatte.

»Das Meer ist unser Vater und unsere Mutter«, sagte der alte Mann, »denn alles Leben kommt aus dem Meer. Unsere Vorfahren waren stumm wie die Fische, bevor sie ans Ufer gekrochen sind, um das Festland zu bewohnen. Sie haben in ihrem Hochmut vergessen, daß die Fische genauso wie alle Tiere und alle Pflanzen unsere Brüder und unsere Schwestern sind, die uns voll Demut helfen zu leben. Sie schenken uns reine Luft und Nahrung. Und was machen wir, die angebliche Krönung der Schöpfung, in unserem Größenwahn? Wir zerstören alles um uns herum wie toll gewordene Ratten. Nein, ich bitte um Entschuldigung, die Ratten sind nicht so böse wie die Menschen. Sie können nichts dafür, daß sie ab und zu böse sind, wenn man sie in die Enge treibt. Der liebe Gott hat sie nicht mit einem so scharfen Verstand ausgestattet wie den Menschen, der törichterweise das Paradies immer woanders sucht und nicht auf dieser schönen Erde, die ein Paradies sein könnte. Er hat nicht begriffen, daß er nicht aus dem Paradies vertrieben wurde, nein, ihm wurde ein grünes, sonniges, üppiges Paradies geschenkt, das er in seiner Gier und seiner Dummheit allmählich in eine Hölle verwandelt.«

Der alte Fischer hielt inne, wischte sich mit einem weißen Taschentuch die Tränen ab und fuhr verbittert fort.

»Wie ist es sonst zu erklären«, sagte er, »daß er die Flüsse, die das lebensspendende Wasser befördern, mit Industrieabfällen so verschmutzt und verseucht, daß sie schließlich auch die Meere vergiften, in die sie alle münden. Schaut euch an, meine Freunde, wie das Meer heute aussieht, das einmal klar und beinahe bis auf den Grund durchsichtig war. Es ist voller Waschpulver und tausenderlei Giften, die hineingepumpt werden. Ich rede gar nicht von den Atombomben und den atombetriebenen Kraftwerken, die der Mensch in seinem Selbstvernichtungswahn erfunden hat, sondern vom täglichen Leben, das er sich wissentlich unmöglich macht. Ich habe jahrzehntelang die schönsten Fische gefangen und sie an meine Mitmenschen geliefert, damit sie eine gesunde, eiweißreiche Nahrung bekommen, aber die toten Fische voll Quecksilber und anderer Gifte kann ich ihnen nicht mehr geben. Selbst wenn die Menschen zur Besinnung kommen und Filteranlagen bauen, um das Gift daran zu hindern, ins Meer zu fließen, wird es noch lange dauern, bis das Meer wieder so wird, wie es einmal war. Ich möchte gern daran glauben, aber ich werde es nicht mehr erleben.«

Der alte Fischer begann wieder zu weinen, und Robert weinte mit ihm.

Nach diesem erschütternden Erlebnis flog er weiter, um ein Meer zu finden, das so rein und unschuldig war wie einst in seiner Kindheit. Als er es nach vielen Flugnächten endlich gefunden hatte, herrschte in diesem Küstenland ein langwieriger, verbissener Krieg. Keine fremde Macht hatte es überfallen, um es zu erobern, weil es seine Schönheit und seine Schätze begehrte. Es waren die Bewohner dieses Landes selbst, die gegeneinander kämpften. Obwohl sie jahrhundertelang friedlich nebeneinander gelebt hatten, entdeckten sie plötzlich, daß sie verschiedenen Nationen sowie verschiedenen Religionen angehörten. Und da jede Gruppe glaubte, besser als die andere zu sein und daher mehr Rechte zu haben, begannen sie miteinander einen sinnlosen Krieg zu führen. Das ging so weit, daß nicht nur ein Teil des Landes gegen einen anderen kämpfte, sondern auch eine Straße gegen die Nachbarstraße, sodaß man schließlich nicht mehr wußte, wer ein Freund war und wer ein vermeintlicher Feind. Man vertraute nicht einmal sich selbst. Überall lauerte die Gefahr.
Der herrliche Sandstrand war übersät von zerstör-

ten Kanonen, Panzerwagen und anderem Kriegszeug. Die Stadt dahinter bestand aus lauter Ruinen, in denen verängstigte Menschen gleich Höhlenbewohnern hausten.

»Da sind wir vom Regen in die Traufe geraten«, sagte Robert zu Tschippi, als er vorsichtig durch die verwüsteten Straßen voll Schutt ging.

Plötzlich hörte er eine gewaltige Explosion, die ein noch halbwegs ganzes Gebäude in die Luft sprengte. Von dem Haus blieb nur der hintere Teil übrig mit den Resten des Fußbodens, die in die Luft ragten, wie bei einem Menschen mit schadhaftem Gebiß.

Obwohl er als Arzt, der auch in der Unfallstation gearbeitet hatte, daran gewöhnt war, Blut zu sehen, wurde Robert schlecht beim Anblick der vielen toten und verwundeten Menschen, die in den Trümmern des durch eine Bombe oder durch eine Granate zerstörten Hauses herumlagen. Robert wollte ihnen als Arzt gern helfen, doch das Geschrei der Verwundeten, die um Hilfe riefen, wurde von einer jungen Frau übertönt, die mit einem Einkaufskorb dastand und auf die Überreste des dritten Stocks hinaufblickte, aus

denen ein zwei- oder dreijähriges Mädchen voll Angst hinunterschaute. Es war vollkommen klar, daß niemand das arme Kind aus dieser unmöglichen Lage befreien konnte. Bis die Feuerwehr durch die Trümmerhaufen der Straßen kam, falls es sie in dieser Stadt überhaupt noch gab, um das kleine Mädchen mit einer Feuerleiter herunterzuholen, würde es weiß Gott wie lange dauern.
Ohne viel zu überlegen, hob Robert vom Boden ab, flog hinauf, steckte das Mädchen in seinen Reisebeutel, der leer geworden war, und brachte es zu seiner Mutter, die es glücklich in ihre Arme schloß.
Robert wollte sich darauf den Verwundeten zuwenden, um ihnen zu helfen, doch einige Männer hinderten ihn daran. Sie waren der Meinung, er sei als Fremder ein Spion, der sich in ihre Reihen eingeschlichen habe, um Schaden anzurichten. Robert wußte nicht, ob sie Christen, Moslems oder Angehörige einer fanatischen Sekte waren. Da er ihre Sprache nicht verstand und ihnen nicht erklären konnte, daß er ihnen nur helfen wollte, blieb ihm nichts anderes übrig, als sich am hellichten Tag und vor allen Menschen in die

Luft zu erheben und davonzufliegen. Einige der vom Haß geblendeten Männer und Frauen schossen ihm mit ihren Gewehren nach, doch zum Glück trafen sie ihn nicht.
»Kannst du das verstehen, Tschippi?« fragte Robert den kleinen Vogel, der erschrocken in seiner Aufhängung an Roberts Brust kauerte. »Ich will ihnen helfen und sie schießen auf mich.«

Nun beeilte er sich, nach Hause zu kommen. Unterwegs machten sie Rast bei Hirten, kleinen Bauern und Fischern, die mit ihnen, ohne viel zu fragen, ihre ärmlichen Mahlzeiten teilten, die aus Brot, Käse und selten gewordenen Fischen bestanden.
Bevor sie ihr Heimatland erreichten, auf das sich beide sehr freuten, überflogen sie eine Waldlichtung, über die zwei Jäger stapften, auf der Suche nach Beute, die rar geworden war, weil viele Tier- und Vogelarten ausgestorben oder totgeschossen waren. Einer von ihnen bemerkte den dahinfliegenden Robert und sagte zu seinem Kameraden: »Da schau, ein Adler.«

»Hier, gibt's keine Adler«, antwortete der zweite.
»Was ist es dann, was da oben fliegt?« fragte wieder der erste.
»Das werden wir gleich sehen«, sagte der zweite.
»Ich hole es herunter.«
Und legte sein Jagdgewehr an und schoß auf Robert zwei Mal knapp nacheinander aus beiden Doppelläufen.
Robert, der die beiden Jäger nicht bemerkt hatte, weil er sich beeilte, nach Hause zu kommen, spürte plötzlich einen starken Schmerz in der linken Schulter. Er wußte nicht, was es war, da er aber zwei Schüsse gehört hatte, vermutete er, daß er getroffen war. Er konnte jedenfalls nicht mehr so leicht und frei fliegen wie bisher. Mit Müh und Not gelang es ihm, sich auf eine andere Lichtung hinabzulassen, wo er zuerst hilflos liegen blieb. Seine Sorge galt seinem Freund Tschippi, den er unter seinem Hemd hervorholte. Aber der kleine Vogel war zum Glück unversehrt. Als er jedoch die Stimmen der Jäger hörte, die nach der Beute suchten, steckte er Tschippi schnell in seine Halterung zurück und legte sich flach, um nicht gefunden zu werden.

»Wenn das ein Adler war, machst du dich strafbar«, sagte der erste Jäger. »Die stehen unter Naturschutz, weil sie beinahe ausgestorben sind. Aber ich glaub, es hat wie ein Mensch ausgesehen. Dann machst du dich doppelt strafbar.«
»Ach was«, brummte der zweite Jäger, »Menschen fliegen nicht. Und wenn einer fliegt, verdient er nichts anderes, als abgeschossen zu werden. Wer hat's ihm geschafft zu fliegen?«
Als die beiden schießwütigen Jäger sich entfernt hatten, stand Robert mühsam auf und schleppte sich, eine blutige Spur hinter sich lassend, zur nächsten Ortschaft, wo ein Arzt ihn mit seinem Wagen ins nächste Spital brachte. Die Polizei interessierte sich dafür, wer ihn verletzt habe, doch Robert erzählte ihr, er sei mit seinem Vogel spazierengegangen und habe den Schützen im Wald nicht gesehen.
Im Spital wurden ihm eine Menge Schrotkugeln aus der linken Schulter entfernt. Seine Kollegen taten alles, um seinen linken Arm wieder beweglich zu machen. Er konnte ihn zwar bewegen, er konnte ihn aber nicht mehr ganz ausbreiten. Er würde also nicht mehr fliegen können. Ihn hatte

das gleiche Schicksal ereilt wie seinen kleinen Freund Tschippi, der auf dem Nachtkasten neben seinem Spitalsbett herumhüpfte und ihn mit seinem Getschilpe zu erheitern versuchte. Barbara war natürlich gleich an Roberts Krankenbett geeilt und erzählte ihm lustige Geschichten, um ihn zum Lachen zu bringen. Robert lachte, um sie nicht zu enttäuschen. Insgeheim dachte er aber immer wieder an die Worte des alten Fischers. Die Erde war inmitten von toten Planeten das gelobte Land, das wahre und einzige Paradies, doch die Menschen, die dazu ausersehen waren, darin zu leben, machten daraus eine Hölle. Man müßte nicht die Erde durch verschiedene technische Erfindungen, sondern die Menschen ändern. Er wußte nicht, wie man das bewerkstelligen könnte, er wollte aber mit Hilfe seiner zukünftigen Frau und seines Freundes Tschippi alles tun, was in seiner Macht stand, und dazu kann man ihnen und uns allen nur viel Glück wünschen.

MILO DOR, 1923 in Budapest als Sohn eines serbischen Arztes geboren, verbrachte seine Jugend in Belgrad. 1942 als Widerstandskämpfer verhaftet, 1943 Zwangsarbeit in Wien. Lebt seit 1948 als freier Schriftsteller in Wien. Wichtigste Werke: Unterwegs; Tote auf Urlaub; Nichts als Erinnerung; Die weiße Stadt; Alle meine Brüder; Die Schüsse von Sarajevo; Auf dem falschen Dampfer; Das Pferd auf dem Balkon (Jugendbuch). Im Picus Verlag: Die Leiche im Keller (Hg., 1988); Schriftsteller und Potentaten (1991).

RITA BERGER, 1952 in Wien geboren, ist Absolventin der Akademie der Bildenden Künste in Wien und Grafikerin. Preisträgerin des Illustrationswettbewerbes »75 Jahre Insel-Bücherei« 1988. Illustrationen zu Robert Walser, Der Spaziergang, Frankfurt am Main 1989.